ささげたし

Kimura Akane

木村茜句集

ふらんす堂

ささげたし／目次

句集　ささげたし

第一章　花筏

平成九年〜十三年

ゆきつくは夢の世なるか花筏

空襲を生きて折る鶴あたたかし

待つ人のあらまほしき夜沈丁花

新緑や耳見ゆるほど髪を切り

突かれたる後も四角の心太

明治の背伸ばして父や夏帽子

小康の父へ被せる夏帽子

父の忌や句作と梅酒引き継ぎて

古代蓮今開かむと震へ出す

汚れなき鷺草をわが誕生花

野馬追や少年武者の目の一途

イタリア　二句

ナポリ暮るる夾竹桃の甘き香に

カメオ売る香水強き娘から逃ぐ

味噌汁のみそ加減して初秋かな

今年よりメモを頼りに盆仕度

水かけてもかけても乾く墓洗ふ

初秋や衝動的に服買ひし
ひと息に燃ゆる身となり曼珠沙華

第二章　良　夜

平成十四年〜十八年

Ａ４の異動の辞令初燕

僧が身を床に打つ音お水取

消えかかる火の粉いただく御水取

歓声に応ふる火の粉お水取

春の塵小過のありて退職す

母の忌やこぼれて気付く黄楊の花

母の忌やこのごろ桜美しき

墨堤は桜餅より賑はひぬ

父も手を上げて横断入学児

花冷えや鶯張りの二条城

うららかや桃の形の中華饅

二の腕の産毛輝き若楓

爪切つて指の先から夏に入る

退職す心の衣を更衣

青梅雨や傘二つ行く浜離宮

江戸東京博物館展示
大奥の太刀なき戦梅雨じめり

住み替へと決め十薬の花盛ん

龍神を祀る見番夏のれん

愛さるることの不自由金魚玉

ブラウスの白まぶしさよ原爆忌

語部の手話はげしさに原爆忌

カンボジア

スコールにおどけ出し児ら無一物

サングラスはづし平和の礎読む

立秋や立退く家を拭き清め

やじろべゑみたいな平和終戦日

深川に住ひ定めて良夜かな

軽井沢聖パウロ教会

秋日傘草田男句碑に跪く

懸案のひとつ片付き蜜林檎

鳥渡る運河真つ直ぐ光りをり

還暦も定年も過ぎ秋茄子

大聖樹世紀の終はる灯を点す

初雪や見慣れし景ののつぺらぼう

行く船の澪と遊ぶや都鳥

両岸の枯木桜よよく眠れ

独り居の温もり保つ白障子

元旦の入り日と睦み新住ひ

閉づること決まりし事務所事務始

歌ひ初め第九をライフワークとし

第三章

誕生石

平成十九年〜二十三年

根三つ葉を截つて俎板溢れさす
東京の三月十日語らねば

母の忌や独活の酢味噌のほの甘し

墨の香を遺し従姉の部屋ぬくし

たんぽぽの黄は抱かれたき母の色

薫風や銀輪駆つて花屋まで

水かくる子等もずぶ濡れ大神輿

驢馬の名はウィリアムテルこどもの日

ノルウェーにて

船室に寝返り幾そ白夜光

軽鳧《かる》の子のしんがり最も顔上げて

梅雨の波止男ひとりが帆をたたむ

角材の匂ひも木場や梅雨湿り

雨の音集めて太る蝸牛

筆もて記せペンもて記せ原爆忌

中国にて

ウイグルの馬駆る少女雲は秋

雑巾をきつちり絞り一葉忌

埋火や眼裏の師は初心説く

四半分の白菜の芯立ち上がる

月下美人咲くを待つ部屋産屋めく

噴水の千手を空へ拡げけり

修験者へ滝は抜き身のごと光る

羅の袈裟匂ひ立つ通夜の僧

シュークリームの皮の凸凹巴里祭

古墳にて行き止まる風合歓の花

誕生石にしたし真赤なさくらんぼ

夕立や借りる軒なき金融街

油照絵地図に迷ふ谷中路地

父の忌のみんみん蟬の諄諄と

扁平の我が影動く原爆忌

香水をつけて元気な振りをする

針塚に針の棺や地虫鳴く

耿耿と眠らぬ東京敗戦忌

星月夜客二人きり島の宿

一滴の生醤油で足る新豆腐

真剣に戯れつく猫や鳳仙花

天守まだ見えぬ急坂鰯雲

枝豆や小津の映画に家長ゐて

ドイツ語にシラーを復習ひ秋灯

糸瓜棚空の小さき子規の部屋

深川祭木遣り手古舞男髷

気張らずに学ぶと決めて青蜜柑

釣瓶落し堂の閻魔の顔尖る

秋思かな魚拓にかすか海の色

ころころと声も団栗拾ひの子

赤蜻蛉浅間の煙拳ほど

鰯雲一人伊予路にバスを待つ

成蹊大学草田男句碑除幕式

草田男の林檎の句碑に佳きりんご

開演ベル響く明治座銀杏散る

法然御影頭の扁平や冬ぬくし

小春日や亀の親子の相似形

泥葱を剥くや真白き音のして
日向ぼこ飴より溶くる塩の味

一葉の恋のつましや花八ツ手

晩学や一輪凜と帰り花

揺れ止まぬ秤の分銅神の留守

浮寝鳥ゆるゆる群のほぐれけり

ぼろ市や覗きて買はぬ遠眼鏡

掘炬燵一家六人猫二匹

寄席も見て女ばかりの年忘

女には女の鎧初鏡

松飾まはし干さるる相撲部屋

漱石に里子の履歴冬菫

大寒や麩菓子のぶつきらぼうを買ふ

真ん中が揺れて勝鬨橋余寒

坂余寒黒猫句点のごとくをり

第四章　深川

平成二十四年〜二十八年

鯉の口春の空気を吸ひにくる

輪の生まれ次ぐ湧水や梅日和

赤ばかり売る下着屋の赤余寒

モナリザの微笑にも似て燭の雛

春一番東京生まれでせつかちで

古稀近し力瘤めく蕗の薹

引くときは砂を均して春の波

千里行き戻る勢ひ恋の猫

山廬行裾の春泥もち帰る

武田菱屋根に光りて山笑ふ

キューピーはいつも直立つくしんぼ

つるし雛姉の縮緬甦る

校門に静かに群れて卒業子

両岸を桜供華とも隅田川

桜時母の忌姉の忌重なり来

渦となり帯と解けて花筏

おくるみに揺るる花影宮参り

洋館の静かな呼吸薔薇芽吹く

思ひ出よ拾ふいびつの桜貝
着ると言ふよりは羽織りし春の服

包み解けば祝辞にそへて春ショール
はくれんや弥勒は指に思惟あつめ

茎立や喜劇は廃れお笑ひに
花韮や話したとき顔を上ぐ

囀の抜けくる原爆ドームかな

着流しの父の晩年うららけし

こどもの日武人埴輪の優しき目

水牛の背ナに稜線夏来る

天守まで球児の喊声夏来たり

なすびキュッキュッキュキュッキュと世の軋み

石垣は気迫積み上げ白牡丹

薪能黒子薪足し後退り

爆ずる火を闇に与へて薪能

微笑みの父母ゐる高さ朴の花

かたつむり米粒ほども渦巻きて
さくらんぼ柩に入れて別れ来る

人の息吸ひてくづるる夕牡丹

浅草の雀ちりぢり傘雨の忌

仏壇に父の遺句集明易し

旧交はあさきゆめみし額の花

紫陽花は散らず女の意地つ張り

この街が故郷となる燕の子

ツイツイと点打つやうに目高の子

水替へて目高の命透けてをり

風呂敷で届く出前や鰻の日
運河暮色海月うすうす流されて

山百合は人恋ふるとき香り立つ

三角は青年の夢ヨットゆく

天道虫丸は幼なの絵の始め

自転車に子供の玉座雲の峰

手で洗ふ草田男墓の灼け痛し

カトリック五日市霊園

百合よりも白く匂へるピエタ像

一丁は一人に余り冷奴
美人画はみんな横顔涼しくて

少し濃く母のカルピス夏休み

太陽とまつかう勝負日焼け車夫

サイダーや伯母に聴かさるる母の恋

噴水の水の命を眩しめり

カトリック五日市霊園

草田男の我も孫弟子墓洗ふ

生きのびて住む深川の川施餓鬼

読経の護岸に撥ねて川施餓鬼

船ごとに読経の違ふ川施餓鬼

三度食ふことに疲れや鳳仙花

蟷螂の斧ゆつたりと見得を切る

九条を守れ蟷螂空《くう》を掻く

トルコ　五句

焼栗は異境の匂ひ海峡へ

国境は戦火石榴の実を搾る

天心の月へ鋭きミナレット

色なき風トロイ遺跡に迷ひ込む

気球より下りて忽ち草虱

卒寿の人鳩寿と言ひて爽やかや

蓑虫や地味一徹が生くる知恵

露草の藍は宇宙の果ての色

優しさも頑固も父や榠樝の実

黒ぶだう剝けばまみどり逢ひたさよ

ほほづきを鳴らす少女に戻るとき

秋天の銀座真つ赤な無蓋バス

神の田の幣の疲れや稲実る

飛鳥大仏もの言ひたげや鵙日和

熟寝児の手足ばんざい秋うらら

自分には判らぬ長所くわりんの実
きやうだいに流るる一徹くわりんの実

新築の家に猫の座秋うらら

凩の橋のその先神谷バー

口中に森永キャラメル小六月

聖夜劇見し夜善人かと問はる

十二月街光りだす膨れだす

妹とゐて雑炊の旨さかな

初雪のふはりと重きたなごころ

数へ日や妹襟足を剃りくるる

年迎ふ龍のかたちに川光り

一対は平和の形松飾

目の術後顔半分へ初手水

初電話十二時間の時差の国

丁寧に割つて一人の寒卵

冬すみれ低い目線の小津映画

蠟梅や赤子は昼を深眠り

水仙や女の自立密やかに

第五章

重き鶴

平成二十九年〜令和二年

薄氷は割るべし子らは遊ぶべし

風の道細波立つる犬ふぐり

土筆つむ原爆ドームの色を摘む

自転車のかごに紙筒卒業子

芽柳の豊かに垂れて浅草寺

茎立や後期高齢から本気

姉遠忌昨日も今日も花曇

待てば来る待つや銀座の初燕

鞦韆をこぐたび軽くなる齢

ゴム引きて放つ飛行機風光る

文机がときに食卓日の永し

緋つつじや江戸の火消のいろはにほ

春惜しむビーフシチューを崩しては

草を刈り草の匂ひの寺男

母の日や細き腕知る腕時計

エストニア

ボール蹴る少年一人大夏野

マロニエ《リトアニア》散る時を重ねし石畳

神輿昇く威勢が好きで粋が好き

少年の四肢の未完や夏の海

居住まひを正し己へ新茶くむ

燕の子老いても燥ぐいとこ会

ちちははと同じ口もつ燕の子

窯の火の轟轟吹き出夏燕

葭切と言葉交して一人旅

薫風やマント重さう太宰像

灯台へ人吸ひ込まる青岬

夏霧のみちのくに解く旅衣

「寺島茄子」小振りは江戸の心意気

少年のどこか危ふし長なすび

ごつい風兜太墨書の団扇かな

終戦日申す申すの兜太なし

秩父皆野町金子兜太生家　二句

蟷螂に斧兜太には言の魂

兜太生家屋根に熟柿の落ち積る

母六十父九十の墓洗ふ

原爆忌一羽の重き鶴千羽

金平糖音たてて嚙む終戦日

南瓜切る力まだあり庖丁研ぐ

折紙が白寿の仕事桃香る

衣被母はつるんと剝き呉るる

母に無き余生は父に法師蟬

水筒は空でも重し震災忌

墨染の僧に移り香菊供養

柿たわわ晴れ晴れと押す車椅子

秋天や雲の一つに駈くる馬

失言を悔ゆる真っ赤な曼珠沙華

五時に来い栗飯炊けるから来いと

たつぷりと食べおみやげも栗ご飯

林檎の香一つ位牌に父と母

角乗りの運河の街や鳥渡る

弁当の隅を明るく菊膾

冬小菊黄色は負けん気を放つ

成田千空先生十三回忌青森

白鳥の三声千空忌を修す

山迫る海迫る村大根干す

藪巻の縄の切口陽へ開く

白鳥来雲のベレーの岩木山
七十路へ並ぶ弟大くさめ

冬青空子猿の芸のせはしなく

一人居は密にあくがる日向ぼこ

遠き人近くに想ふ年賀状

元朝や糸屑さへも光りをり

水仙の伸びる力を眩しめり

第六章

持ち時間

令和三年〜六年

愛の日の板チョコ昭和の音たてて

つばくらや余白埋らぬパスポート

焦げ色は焼土の記憶つくづくし

蟻穴を出づ下町は焦土の地

石鹸玉家出て気付く忘れ物

亀鳴くや風呂敷解けば真つ平

句友逝く

逝去後に戻り来し本春の雷

忌日来し花の十日を母とゐる

母遠忌すべての桜ささげたし

過去帳の童女四人へ雛あられ

鍬鑓を漕ぎて喜寿の身よろこばす

がうがうと薪喰ふ窯口山若葉

土手若葉矢切は川のむかふ岸

愛鳥日訪ふや饒舌百一歳

小石川植物園

ニュートンのリンゴ結実愛鳥日

弟の武者人形も七十路に

出征の隊列のごと鯉幟

サーファーに北斎の浪いつか来る

人は香に顔寄するもの白牡丹

喜寿迎ふ泰山木の素き白

天麩羅屋四万六千日の客
鳴いて鳴いて蟬は命を軽ろうせり

ぶだう粒房にて重し草田男忌

ギリシア　三句

パルテノン神殿見上ぐや街炎暑

白日傘遺跡の石を腰掛けに
黒猫のふと消ゆる遺跡夏の昼

午後二時の金魚ぽつりと泡を吐く

朱いべべ金魚一生朱いべべ

菩提寺浄土宗清徳寺

ご住職ほんむらさきの夏衣

ちちははの知らぬ高階盆迎

蜩やゆつくり使ふ持ち時間

八月の重たき日日に誕生日

稲妻の鋭角が好きピカソ好き

小橋より暮るる深川雁渡し

悔残る夜や種ある黒葡萄

とんぼうや親族のみといふ別れ

船頭の水棹の手艶銀木犀
曼珠沙華律儀に赤くいとこ逝く

共に経し昭和歌謡や敬老日

防災地図の我が街まつ赤鉦叩

最初はぐう物の初めの貝割菜

小鳥来る娘のやうな友得たり

友も吾も老いの半ばや零余子飯

鵙高音空の彼方の胸騒ぎ

無花果を割りし匂ひに母います

採血の跡のむらさき秋黴雨

鬼灯を揉みつ一人の夜をほぐす

秋祭男いつもと違ふ顔

きつちり締む老いの角帯秋祭

豊の秋海苔弁好きは父ゆづり

がまずみの実やみちのくの日は短か

カトリック五日市霊園

狗尾草木の十字架の角崩る

ありがたうごめんねに添へ蜜林檎

賢治の忌麺麭と蜂蜜きつね色

口割らぬ石榴落下す不穏な日

節電の中の一灯一葉忌

第九こそ似合ふ葬送冬銀河

「国技館５０００人の第九コンサート」事務局長逝去

一茶忌や根菜煮しめ母います

数へ日の命を涵《ひた》す落語会
ちくわぶは父の好物味噌おでん

一見は大根から行くおでん酒

敵味方なく累累と枯蓮

冬帽子脱ぎていつもの友になる

着付けするやうに職人雪吊す

岡本太郎美術館

薪ストーブ焔は太郎の激しさに

「サザエさん」は昭和の我家根深汁

橋から橋見ゆる深川つがひ鴨

てんでんに遊ぶ子ら見つつ日向ぼこ

仏壇を一切清め実千両

高階へごおんごおんと除夜の鐘

濹東の川は湾へと去年今年

普段着のふだんの顔に初日かな

深川の橋へあまねく初茜

一月や都会のビルの積み木めく

江戸雑煮父の教へを少し変へ

一人には多いと思ふ薺打つ

雪の夜は雪と語らふカステイラ

鍵穴の闇をくるりと寒の入

浅草は考《かう》の遊び場切山椒

いつくしみ深く――木村茜さんのこと

木村茜さんが第一句集を上梓なさる。わが事のように悦び祝福したい。

氏は五十歳で俳句を始めたという。父上が俳句の先輩であり、先祖には句碑まで建てた人がいると云う人にしては遅い出発である。

氏の生い立ちを詳しく承知していないが、茜さんは生まれながらに、宿命とも云うべき両手の指に障害を有しており、そのまま学業に社会に人生に処して来られた。その間に於ける忍耐と努力は、我々常人には考え難いものがあったと察することが出来る。

その事がご本人の人間形成、ひいては俳句作品の背骨にまで影響を及ぼし、本人の真底で陰影を与えている様に思われてならない。

但し、普段我々に見せる外見は、下町の深川っ子であり、明るく親切で、てきぱきと物事を処理する有能な生活人である。

指図を受けるより先に、率先して事に当たり、何の苦もなく人の嫌がることに汗をかく性分である。言って見れば、下町の愛情をたっぷりと持って、義理、人情に厚い、慈しみ深い、姐御肌の人である。

これらの事が本人の中で、見事に統一されていると云えよう。

作品で、これらの事を一緒に少し触れて見よう。先ずもっとも近しい肉親、殊に両親に対する佳句が注目されるのは、当然である。

母の忌やこのごろ桜美しき
母遠忌すべての桜ささげたし
無花果を割りし匂ひに母います
小康の父へ被せる夏帽子

母に無き余生は父に法師蟬

浅草は考《かう》の遊び場切山椒

「森の座」代表、選者である横澤放川氏の評の一部を書き写すと、〈思慕の深さを有無をいわさずに納得させてくれ、自分も一度はこんな手放しの、それでいて稟性のとみに高い追慕の句をのこしてみたい。〉と「母遠忌」の句を取りあげているし、「無花果を」の句では、〈扉が開かれるような、夜のとばりが払われるような、胸寛ぐような趣がある。〉として、〈内省的な努力の積み重ね〉を評価している。

六十という若さで亡くなった母に対する思慕の情は永遠のものであり、父や他のうからに対しても、同様のいつくしみが思われる。

自分自身の事ではどうであろうか。

香水をつけて元気な振りをする

聖夜劇見し夜善人かと問はる

丁寧に割つて一人の寒卵

八月の重たき日日に誕生日

小鳥来る娘のやうな友得たり

茜さんの一面を窺い知ることが出来る。殊に「聖夜劇」の句では、不意を衝かれた思いをしたに違いない。「寒卵」では、私も同感だが、しみじみ一人なのだと思う時だ。八月は誰しも重いと思うが、誕生日であって見れば想いは特別だ。しかし「小鳥来る」があってホッとする。人生捨てたものではない。

深川及び下町について。

深川に住ひ定めて良夜かな

この街が故郷となる燕の子

蟻穴を出づ下町は焦土の地

橋から橋見ゆる深川つがひ鴨

深川は焦土と化した地である。関東大震災と東京大空襲、共に阿鼻叫喚の巷と化した地なのである。その痕跡は今でもそこここに遺る。親の代から語り継がれている。夏祭りは浅草と同様に激しいものがあるのも頷ける。

因に氏は墨田区役所定年時、すみだ郷土文化資料館長であった。「原爆忌一羽の重き鶴千羽」を始め原爆忌の句のあるのは、当事者意識下に自ずと出来たもので、代表句の一つである。

写生句、海外吟ほかに触れておきたい。

糸瓜棚空の小さき子規の部屋

山廬行裾の春泥もち帰る

浅草の雀ちりぢり傘雨の忌

三角は青年の夢ヨットゆく

薄氷は割るべし子らは遊ぶべし

中国にて

ウイグルの馬駆る少女雲は秋

トルコ　二句

国境は戦火石榴の実を搾る

天心の月へ鋭きミナレット

歌ひ初め第九をライフワークとし

カトリック五日市霊園

手で洗ふ草田男墓の灼け痛し

茜俳句としては「薄氷は」の句が茜さんの心に適うと思うが、「三角は」は云わゆる省略の利いた句で新鮮である。海外吟は沢山見せられたが、誰でもそうであるように、地に足が着いた作品は少なく、観光俳句になりがちだ。しかし中国行、トルコ行等の中に幾つか光るものがあった。殊にトルコ行は、茜俳句の転機となったものと思っている。何にしても行動派であるのが頼もしい。
最後に氏は色々と趣味のある中で、「国技館５０００人の第九コンサート」に初回から参加し、定年後は自身歌うと共に、事務局に籍を置いて活躍し、無事後輩にバトンタッチしたようである。
また、俳句の方は、職場俳句に始まって、中村草田男に会えなかったものの、成田千空には辛うじて会うことができ「萬緑」に入会、引き続いての「森の座」で大蔵大臣を担当して頂いている。大変に有難い次第である。

長々と紹介らしきものを書いて来たが、俳句を始めて三十年。これから更に茜さんの『俳句』に期待したい。句集を読むことは、本人との出遇いである。この句集が木村茜さんとの良い出遇いであることを大岩のように信じている。

令和六年六月

北島大果

あとがき

この句集は私が俳句を始めた平成七年から、令和六年の現在に至る作品を、生涯一冊の集大成としてまとめたものです。

私が俳句を始めた原点は、平成七年七月に九十歳六ケ月で亡くなった父の跡を継ぎなさいと、勤務先の墨田区役所の先輩方の後押しがあり、豊崎素心氏（「萬緑」同人）、近藤酔舟氏（「狩」同人）を指導者に、女流俳句会「花筏」を立ち上げた事からになります。

「十年勉強すれば一人で句作ができるようになる」という指導者の言葉を信じ、五十歳からスタートした俳句の道です。

平成十七年三月に定年退職し、二年後の平成十九年六月、父の十三回忌に遺句集『菊膾』を上梓し親類、縁者に読んでいただきました。

その時期にお話をいただき、中村草田男先生の俳句結社「萬緑」へ入会させていただきました。

その時の選者は成田千空氏。幸い千空選を二回ほどいただき、横浜の全国大会で車椅子の選者にご挨拶させていただいた事が、貴重な思い出となっています。

その後選者は奈良文夫氏、横澤放川氏へと引き継がれ、「森の座」の現在に至り、ご指導をいただいております。

初学の頃より句会や吟行では「狩」白羽同人　杉良介氏、「萬緑」同人　榑沼清子氏、北島大果氏に手ほどきをいただきました。

又数々の場面で、多くの先輩諸氏にお世話になっております。

令和六年の八月に、八十歳という人生の大きな節目を迎えます。今現在は比較的元気に過ごしておりますが、年齢それなりの老いを感じ、今まで元気に過ごしてこられた事に感謝しつつ、これから先に思いを馳せる事が多くなりました。

私が過ごしてきた多くの時間に、沢山の方達との出会いや別れがありました。振りかえってみて、楽しい人生だったと言える多くの思い出があります。皆様には大変お世話になり、良い思い出を沢山作っていただきました。従妹たち親戚、学生時代からの友人、職場で得た沢山の仲間達、俳句で出会った方々に今、心から「私を育てていただき、ありがとうございました。」と、紙上を借りて感謝の言葉を伝えさせていただきます。

知己の方と連絡を取り合う機会が少なくなった現在、突然訃報が入ることもあります。私自身限りある時間の中これからは老いを意識した、新たな人生のステージへと向う覚悟です。本書は私の、自分史としてお読みいただければ幸いです。

今後は時を大切に、一期一会の気持ちを以てお付き合いいただければ嬉しく思います。

巻末に菩提寺である浄土宗清徳寺（以前は浅草に、現在は足立区）に奉納されている、先祖の辞世の句碑の拓本を載せました。江戸時代末期の先祖が、俳句を残していたとは思いもよらない事でした。お寺からいただいた過去帳に載っている戒名と、同じ戒名が彫られた句碑があると、父の生前に判ったのです。ご先祖と俳句で繋がった縁を大事にしたいと、ここに収める事にいたしました。

この句集をまとめるに当たり、「森の座」選者　横澤放川氏、城東句会指導者　北島大果氏、ふらんす堂の皆様にお世話になりました事、謹んで心よりお礼申し上げます。

令和六年六月

木村　茜

先祖の残した句碑

表

我病ひ苦痛ある時は死なん
事を願ふ病ひ休る時は
子孫の繁昌を又願ふ老木
既に倒んとするに
名残りの一句を孫に

興譽善隆信士　文政十三寅五月廿一日
到譽妙還信女　安政六未夭九月十八日

ろ十

散花と連たち
　行ん長の旅

隆譽顯道信士　明治四未五月廿十一日
金六百匹為隆譽追善納

裏

天保二卯五月　木村氏

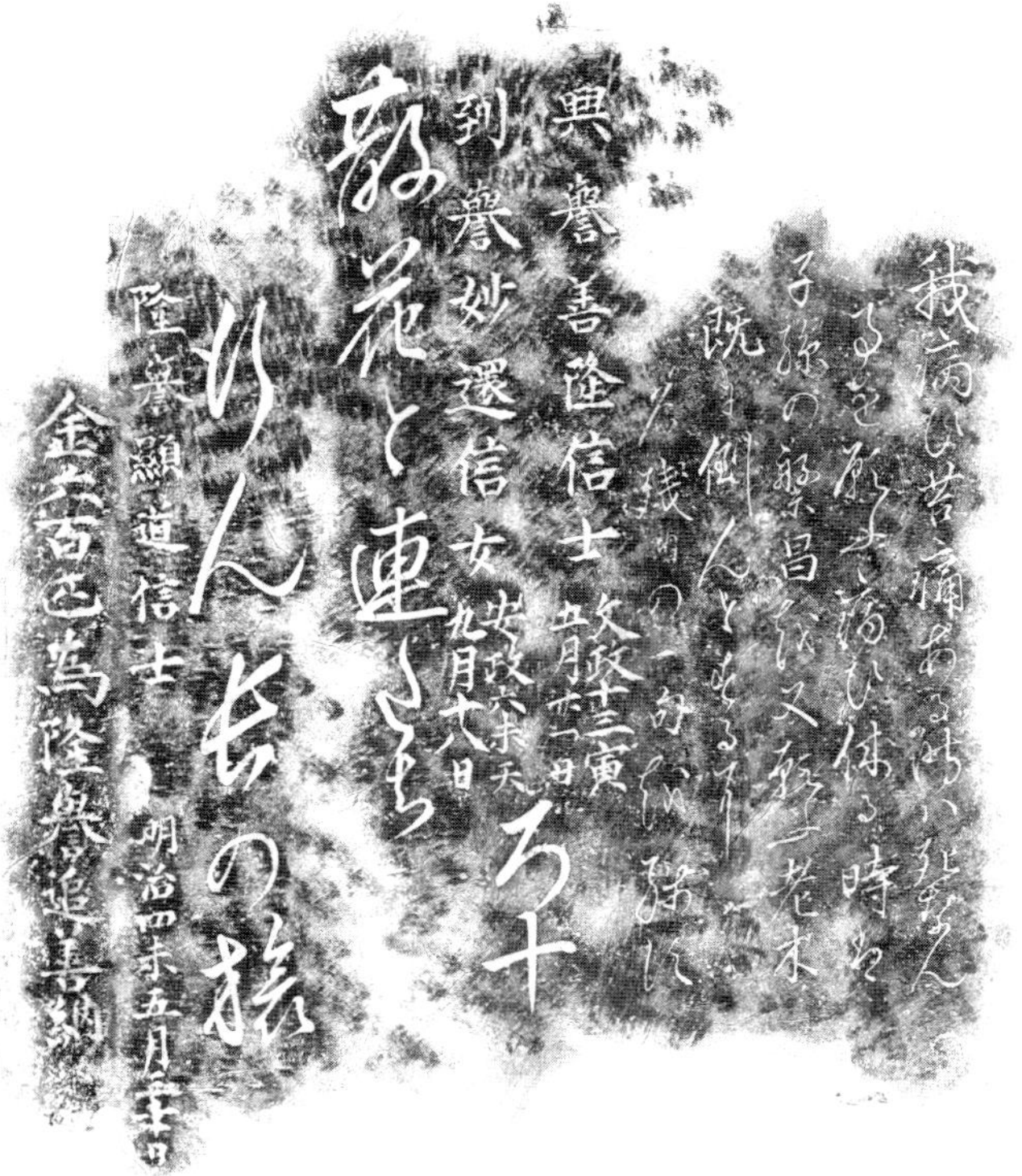
興誉善蓮信士 文政十三寅 五月廿一日
到誉妙還信女 安政六未天 九月十八日
隆誉顕道信士 明治四未五月廿五日
金光西心為隆誉追善納

天保二卯五月
木村氏

著者略歴

木村　茜（きむら・あかね）　本名　木村敏子《としこ》

昭和19年　東京都江東区生まれ
平成７年　「花筏」創刊入会
平成19年　「萬緑」入会
平成25年　「萬緑新人賞」受賞
平成27年　「花筏」終刊　「四季風流の会」入会
平成29年　「萬緑」終刊　「森の座」創刊入会
令和５年　「森の座賞」受賞

俳人協会会員

現住所　〒135-0015　東京都江東区千石1-4-28-1104

句集　ささげたし

二〇二四年一〇月二九日　初版発行

著　者——木村　茜

発行人——山岡喜美子

発行所——ふらんす堂

〒182-0002 東京都調布市仙川町一—一五—三八—二F

電　話——〇三（三三二六）九〇六一　FAX〇三（三三二六）六九一九

ホームページ https://furansudo.com/　E-mail info@furansudo.com

振　替——〇〇一七〇—一—一八四一七三

装　幀——君嶋真理子

印刷所——日本ハイコム㈱

製本所——㈱松　岳　社

定　価——本体二八〇〇円＋税

ISBN978-4-7814-1699-1　C0092　¥2800E

乱丁・落丁本はお取替えいたします。